LA

FIÈVRE SYMPATHIQUE.

CONFABULATIONS.

SUITE DES MÉMOIRES

D'UNE CRÉOLE DU PORT-AU-PRINCE.

(Ile Saint-Domingue.)

> La philosophie est le cathéchisme de la Foi.
> RACINE, *Poème de la Religion.*

SECONDE LIVRAISON.

PARIS,
TYPOGRAPHIE ET LITHOGRAPHIE FÉLIX MALTESTE ET Ce,
18, rue des Deux-Portes-Saint-Sauveur.

1848.

SECOND ENTRETIEN.

MESDAMES BALANOS ET ORÉA.

Madame Balanos entre chez madame Oréa, assise auprès d'un métier de tapisserie.

Ne vous dérangez pas, ma bonne amie; quand on habite la même maison, il faut se voir sans façon... Je vous rapporte votre première livraison. Votre poésie paradoxale avait besoin des notes nombreuses que vous avez eu la conscience d'y joindre. Ces notes sont très instructives.

MADAME ORÉA.

Je vous avais prévenue que ma poésie est la conséquence d'une torture morale. Un second mariage m'avait placée sous la domination d'une *Barbe-Bleue*. Avez-vous lu ma *Créole* et la notice de Nicodami, professeur de piano au Conservatoire de musique de Paris?

MADAME BALANOS.

Oui, madame.

MADAME ORÉA.

M. L. J. comte de L..., auteur *Du monde et ses travers*, ou *Les hommes et les choses du temps au dix-neuvième siècle*, me vit persécutée, malade de chagrin; il chercha à m'initier aux consolations que donnent les lettres. Il me conseilla d'écrire pour délasser mon esprit des idées fâcheuses qu'enfantent les procès et la solitude. J'ai écrit mes mémoires et la notice de mon premier mari. Ensuite une de mes amies m'a priée d'écrire d'abondance des vers sur un album : ne sachant aucune des règles de la poésie, j'ai fait des rimes...

MADAME BALANOS.

Montrez-m'en quelques-unes.

MADAME ORÉA.

Volontiers.

Madame Oréa se lève et prend un petit volume. Elle lit tout haut :

Dicton métaphysique pour l'*Album* de madame Gabrielle Vogel (M. *Vogel, compositeur de musique, venait de faire imprimer son* ANGE).

III

Ange béni, tu es au ciel,
Tu as nom Gabriel,
Et ton culte est sacré!

Femme douce et fidèle,
Ton nom est Gabrielle.

La grâce et la bonté,
Symbole et pureté,
Sont à lui, sont à elle :
Je voudrais être Apelle,
Digne de lui et digne d'elle !

Cette vignette inscrit mon nom
Sans talent, sans renom.

Il est simple d'aimer Gabrielle,
On veut être aimé d'elle.

Un rhytme harmonieux
Est la louange du bienheureux;
Ce burin est un gage
D'amour et d'hommage,
Pour tous les deux !

Cette première improvisation a été suivie d'une autre : c'est une conversation entre un voyageur et une sibylle.

Je vais vous la lire, je la trouve ici.

IV

AMPHIGOURIES.

QUESTIONS GÉOGRAPHIQUES.

UNE SIBYLLE ET UN VOYAGEUR.

LE VOYAGEUR.

Fille à Caron,
L'ourson
Est-elle terre
Célérifère [1] ?
Réponds, Sibylle
Habile...

LA SIBYLLE.

J'ai peur,
Voyageur,
Des frimats,
Des fracas,
Des fontes,
Des remontes [2].

. . . .

Pauvre marin,
A froid et faim...
Cette carrière
Est glacière.

---

[1] Célérifère, voiture rapide.

[2] Remontes, chevaux qu'on donne à des cavaliers pour les remonter.

V

L'an dernier, un amiral[1]
Qui n'eut point de rival,
De la terre Adeline
Découvrit la colline,
Où les cieux
Sont sans essieux.
Toi, sois plus sage;
Contre l'usage,
Cherche la clef
Par le degré...
Jeune homme,
C'est à Rome
Qu'il faut aller
T'agenouiller;
C'est là le faîte;
Et le prophète,
L'étincelle du Roc,
Météore à Maroc,
Fait du matin
Le soir du destin.

LE VOYAGEUR.

Et l'antarctique
Pneumatique,
De Belzebut
Est-ce le fût?
Réponds, Sibylle
Habile,

---

[1] Amiral, Monsieur Dumont-Durville découvrit la terre Adeline, y arbora le drapeau français, mais perdit beaucoup de monde, et mourut bien malheusement l'année d'après au chemin de fer de la rive gauche de Paris à Versailles.

VI

Au voyageur
Sans peur.

LA SIBYLLE.[1]

Des mondes, les tablettes
S'y déroulent secrètes ;
Les segrais [1],
Les forêts
Sont au gaz fallace.
Pluton est vorace.
Les cieux ont des verroux,
Leurs flots sont courroux.
Les galères
Ont des cerbères
Qui ont faim,
Sans festin !
Les lunes
Sont des urnes !
Quoi?
Vous tremblez d'effroi !
Druïdes
Intrépides,
Des fourgons,
Vos dragons
Ont les poussières
Sans esterres [2] ;
Les hoirs [3]
Sont aux miroirs !

. . . .
. . . .

---

[1] Segrais, arbres mis à part.
[2] Esterres, petits ports.
[3] Hoirs, héritiers.

VII

Chaste madone,
Ah! pardonne!
Toucher à tes rayons!
Ils sont chauds aquilons!
Ils foudroient l'homicide.
Tu as Alcide...
Nos prêtres ont peur.
Allons, voyageur,
Ta bourse! (*Elle tend la main.*)
A fin est ta course :
Je suis Fatalité;
Mon obscurité
Est prescience [1].
Je hais la science;
Mon glas [2]
Est trépas.
Sans baptême,
Anathème...

LE VOYAGEUR.

Et l'âge d'or,
Reviendra-t-il encor?

LA SIBYLLE.

Mon zèle lycanthrope [3]
Sonde la vieille Europe;
Pour moi plus de sabbats,
Mais froids ébats.

---

[1] Prescience, connaissance de ce qui doit arriver.

[2] Glas, son funèbre d'une cloche.

[3] Lycanthrope, malade atteint de lycanthropie, maladie qui consiste à se croire changé en loup.

Ammon, Ilion sont au centre,
De Lif [1] se chauffe l'antre,
Vie d'arrêt,
De secret.
Sysiphe roule sa pierre.
Profonde est la carrière.
Des Autans,
Des Titans,
La fosse redoutable
S'altère insatiable;
Son courroux
Pèse à tous.
Dès l'heure même,
Le Roi suprême,
De son tocsin,
Cloche sans fin,
Peut dans sa colère....

LE VOYAGEUR *l'interrompt :*

Vieille usurière!
Parle des élémens,
Antiques fondemens
De ta race interdite.

LA SIBYLLE.

Je suis maudite!
Homme mortel
Craint Gabriel.

---

[1] Lif, vie (mith. celt.), nom de l'homme, qui, caché sous une colline, pendant que la terre sera dévorée par le feu, repeuplera le nouvel univers, où les grains croîtront sans semences et sans cultures. Lifthrases est sa femme.

IX

La terre
A son mystère :
Ses moissons,
Ses oraisons
Ont vu le cygne
En ligne...
Adonis, au degré,
Semble défiguré ;
Ariane, invisible,
Est un arrêt terrible.
De l'héritier,
Vois le cimier.
Dieu puissant !
C'est le jugement...
(*Tombant à genoux :*)
Dieu juste et tendre,
Fais-toi comprendre
Aux cieux.
J'ai cru mes Dieux :
Leur carrière
Fut ma lumière.
Ciel rédempteur,
Vois ma douleur !
Ma triste cendre
Prête à s'épandre,
Ose élever la voix
Vers ta brillante croix !
Ton roseau tumulaire,
Qui racheta la terre,
Fut un affront
Pour ton auguste front.
Que ma bouche
Le touche,
Unique Fils !

Libérateur promis,
Relève nos ruines,
Ombrage nos racines;
Ton bois victorieux,
Équilibre des cieux,
A nos lévites
Laissa des satellites.
Cercles de nuits,
Sols réduits,
Cachots des mondes,
Urnes profondes,
Feux et glacis,
Sombres récifs,...
J'y vois ma race...
Doux Jésus, grâce!
. . . .
Nous sommes étrangers,
Pauvres et passagers ;
Ah! que ta table,
Accorte au misérable,
Soit un autel
A tout mortel,
Lavant ses crimes
A tes azimes.
Esprit et chair,
Cêne au désert,
Que ta piscine
A Mnémosine[1]
Fasse ablution,
Divine Sion!
Je te prie,
Fais-moi mercie,
O voyageur!
Vois ma pâleur :

Elle annonce Élie
Et le Messie;
Christ redemptor omnium,
Seul palladium.
Jusqu'à la lie
Il but la vie.
Divin Martyr,
Au repentir
Ouvre ta voie
De joie!

Je n'attachai pas d'importance à ces premiers essais. Le sujet de la Sibylle plut beaucoup à mon imagination; enfin, j'en ai fait un très long entretien auquel j'ai mis pour épigraphe :

Quatre-vingt-dix-neuf moutons et un Champenois font cent bêtes.

MADAME BALANOS (*interrompant*).

Ce proverbe très connu n'est pas avantageux à l'esprit champenois : il y a cependant des gens de grand mérite nés dans cette province...

MADAME ORÉA.

Ce n'est pas moi qui ai fait le proverbe; voilà ce que j'y ajoute :

Quatre-vingt-dix-neuf bêtes et Laure font Sambeth.

Laure est mon nom et Sambeth est celui de la Sibylle, bru de Noé, la première de toutes. La notice sur ces improvisatrices, cantatrices et danseuses servira de sommaire à ce morceau que je compte faire imprimer dans toute son originalité. La conversion de la Sibylle me tient au cœur, et la cadence des vers libres et courts rappelle la vitesse des vers pyrrhiques que Pyrrhus, dansant armé, chanta sur le tombeau de son père et dont Achille fut auteur. Cette cadence est aussi celle des fêtes de Bacchus, où l'on représentait les victoires de ce dieu et où les danseurs, au lieu d'armes offensives, ne portaient que des thyrses, des roseaux et des flambeaux.

MADAME BALANOS.

J'aime beaucoup cette poésie naturelle. Dites-moi quelques autres pièces...

Madame Oréa reprend son album et lit ce qui suit :

SOUSCRIPTION A LA GRANDE CHARTREUSE, réduite en cinq tableaux : *le Cimetière, le Paradis, le Désert, le Statut (porte de Sapey), le Dortoir.*

Commandés par M. C*** à M. Champin, pour fonder une salle d'asile dans son arrondissement.

Vers adressés à M. CHAMPIN, mon ami.

Nous devons la Chartreuse,
Champin, à ton pinceau ;
Une âme généreuse
Mit un prix au tableau ;

Une sœur quêteuse,
Aide à l'humanité,
Souriant, bien que honteuse,
Demande charité.

Une quêteuse offrant les tableaux aux assistans.

C'est pour un lieu d'asile
Aux vieillards (*sans enfans*),
C'est pour l'enfant débile
(*Qui n'a plus de parens*).
Nous voulons un hospice,
Nous demandons du pain :
Ah! rendez-moi service,
Car je vous tends la main.

Ier TABLEAU.

Le Cimetière dit LA CORRERIE.

A plusieurs vainement
D'un courage timide
Offrant le monument
Dont la page est humide,
Voila le cimetière...
L'aumône est un pardon ;
Accueillez ma prière ;
De grâce, faites un don!

IIe TABLEAU.

La chapelle et fontaine de Saint-Bruno dit LE PARADIS.

Saint Bruno, ta chapelle
Est un lieu consacré ;
Paradis il s'appelle.
Il veut être acheté.

Cent sous! pour la misère
C'est l'habit, c'est le pain :
Pour le fils, pour le père,
Sœur grise, tend la main.

IIIe TABLEAU.

Le Désert.

Dans le désert silence!
A Dieu seul est la voix.
Il dit : Fais pénitence,
Homme, tu portes ma croix!
Pour soulager ta mère,
Adopte ses enfans;
De mon fils, la prière [1]
Nourrit les indigens!

IVe TABLEAU.

La porte de Sapey.

Voyez la divine arcture [2],
Stat crux dum volvitur orbis [3] :
C'est de la croix l'architecture,
Nourrissant de son Iris.
Sa plaie est le ciroëne [4],
Douleur et passion.
Du roc c'est la fontaine,
Calice en nutation.

---

[1] La prière, c'est-à-dire *le Pater*.

[2] Arcture, étoile fixe.

[3] *Stat crux dum volvitur orbis*, devise des chartreux : *Stable dans le mouvement*.

[4] Ciroëne, emplâtre de cire et de vin.

Ve TABLEAU.

Le vieux cloître, couvert de neige.

La neige mouette ce chaume,
Au printemps, nid d'oison,
S'humectant de la paume,
Émérite [1] au rayon
L'esprit est la lumière,
Son verbe fond et dit :
Pélican dans son aire,
De ses entrailles nourrit.

La quêteuse à l'église, en offrant les pages de la Chartreuse.

Le talent
Éloquent
De la pénitence,
En silence,
Montre le couvent :
A pas lents
Il retrace
La place,
Où, priant
Ardemment,
Le frère
Pour le frère
Fait un vœu
A Dieu.
Cette quête
Est la fête,
Offrant en livrets

---

[1] Emérite, ancien professeur jouissant d'une pension.

Ces guérets.
Sainte aumône!
Donne, donne
Au malheur,
A l'erreur!
Chrétienne,
Païenne,
Car l'enfant
Attend
Un gîte
Qui l'abrite :
Vois ce Paradis!
Tes fils,
ô Madeleine!
Sans haine,
A tout jamais
Seront en paix.
Plus de guerre!
La bannière
Du Chartreux
Aux cieux,
Est la parabole,
Quêtant l'obole
Pour l'indigent
Et pour l'enfant,
Disant : cette fête
Est la quête
De la piété,
De la charité
Du frère
Pour le frère :
De Jésus mourant,
C'est le testament!
La vieillesse

Presse,
Demandant,
Obtenant
Du trône
L'aumône ;
De vous
Quelques sous !
Cette page,
D'âge en âge,
Donne un port
Fait un sort.
Providence,
Bienfaisance
De l'enfant
Gémissant,
La crêche
Aussi prêche.
Souverain,
Votre main
Digne,
Bénigne,
Octroie en premier,
Pour noble denier,
Un hospice
Propice.
Souffreteux,
Malheureux,
La voilà complète,
La quête
De l'humanité,
Obtenant charité.
Princesses,
Duchesses,
Donnez,

Fondez
L'obole
De la geôle ;
Livre la clef
Au prisonnier !
La Chartreuse
Heureuse,
Grâce aux agens
Bienfaisans,
Bénite
Gratuite,
Donne *vitam, vinum, panem,*
Amen !

Madame Oréa ferme son album et dit à madame Balanos :

Une notice historique sur la Grande Chartreuse très bien écrite, tribut d'amitié, sert d'introduction à l'ouvrage de M. Champin, intitulé : *Excursion à la Grande Chartreuse.* L'indication des planches annonce le sujet des vues du grand ouvrage.

Cette notice commence ainsi :

« Partez, cher pélerin, armé de vos pinceaux : » partez, disions-nous naguère, les arts, la piété, » la philosophie vous devront de nouveaux chefs- » d'œuvre ! Votre tâche est remplie... Vous avez mis » sous nos yeux les principales merveilles du désert » de Saint-Bruno, et Lesueur a peint autrefois par » la tradition, vous avez dessiné d'après la nature. » Chaque siècle a son esprit particulier et porte avec

» lui ses avantages : profitons des progrès de notre » temps sans oublier le passé, afin de le faire con- » courir ensemble à notre sagesse, à notre bonheur!

» Vers la fin du onzième siècle (en 1084), Bruno » et ses compagnons s'établirent dans le désert de » Chartreuse, sous les auspices d'Hugues, évêque » de Grenoble. La propriété leur fut assurée par » une donation authentique consentie par les divers » propriétaires.

» Bruno ne laissa pas de règle; les principes de » son ordre se trouvent dans ses discours. Ses amis » et lui se proposèrent de méditer les années écou- » lées, *recogitare annos suos ;* de former leur intelli- » gence et leur volonté, *bene intelligere, bene velle ;* » d'acquérir la sagesse et l'amour divin, *rectè sapere.* » *rectè amare.* C'est la philosophie antique perfec- » tionnée dans ses principes par l'Évangile et portée, » dans la pratique, jusqu'aux limites de l'abnégation » chrétienne.

» *Solitaires*, leur silence est un hommage, leur » amour un dévouement absolu, leur pénitence un » martyre qui, suivant la pensée de Bossuet, purifie » l'âme de ses faiblesses, comme la flamme dégage » l'or d'un alliage impur.

» *Cénobites*, il se soumettent à une direction com- » mune, afin de prévenir les écarts de la volonté, de » s'encourager par le bon exemple et de se rendre, » dans les besoins, tous les secours de la charité. »

Au surplus, lisez vous-même cette notice, madame ; vous en serez satisfaite.

Madame Oréa donne le livret à madame Balanos, qui se lève pour s'en aller.

MADAME BALANOS.

Je vous remercie, madame ; je me retire, car on oublie l'heure quand on est avec une amie, et j'ai une affaire qui me rappelle chez moi. Adieu, je vous verrai bientôt.

LE COUCOU, LA SARIGUE ET LES AUTRUCHES.

FABLE.

Quand l'hiver touche à la fin
Le soleil de sa lyre change le lin,
Rajeunit la bourrache, reverdit la jacinthe,
Les rosiers, l'absinthe...
Vertumne, galant jardinier,
Pour sa Pomone, en février,
De ses bouquets verse la manne[1].
Fraîche comme Suzanne
Sortant du bain,
Ne soupçonnant aucun malin...
On sait qu'on voulut la confondre,
Et que Daniel fort jeune sut répondre
Aux calomniateurs : ce fait est sûr
Comme du ciel l'air pur.
L'innocence
Souffre de la médisance ;
Ainsi que la fleur du vallon
Par l'aquilon.
On frissonne
Quand Mars grêle et tonne,
L'amandier sans fruit
Se pourrit,

[1] Manne, suc qui découle de certains végétaux.

Et Pomone est ruinée
Pour l'année.

Surpris par d'importuns verglas
(N'ayant pas lu les almanachs)
Un coucou femelle,
Sans vertu maternelle,
Voit une sarigue dans un coin,
Blottie dans du foin,
Dormant tranquille
Pendant Qu'Éole fritille [1].
Le coucou avait froid,
Pour se chauffer cherche un endroit.
Voit une nourrice décolletée,
A fourrure grasse sécrétée,
Dans son sein se blottit,
Tout petit
Pond un œuf, puis, peureuse,
Débarrassée se trouve heureuse.
Adviens ce que tu voudras
Petit embarras...
Au loin la graine
Qui me gêne.

Un rayon de soleil luit à propos,
Par l'éclaircie dispos,
Coucou dit sa chansonnette...
La sarigue garde en pochette,
Couve sans le savoir,
Ne peut prévoir

---

[1] La frittille est une liliacée. La couronne impériale (frittillaire peintade).

Quand son mal aura trève...
L'œuf éclos eut-il pature? J'y rêve...

Au coucou cela fait peu d'honneur,
Les sans-soucis ont du bonheur,
Jadis eut des aîles le reptile...
Je peux l'attester sans concile.
Insectivore et voyageur,
Pour le coucou l'aire[1] est sœur,
Même lit, même table.
De le juger suis-je capable?
Que me fait son œuf,
Jars[2] ou bœuf?
Je sais qu'au nid d'autruche
Le sable vaut mieux que la peluche,
Sous l'arène[3] est un cœur
Qui d'une mère a la chaleur.
Du coucou la note printannière
Est une ombre palmaire[4]
Maternelle au batard,
Se mutant[5] par hazard.
Au nid du passereau naît un aigle,
Au pollen[6] qui reconnaît le seigle?
Le printemps profite au nourrisson,
Coucou chantant prédit moisson.

---

[1] Aire, nid d'oiseau.
[2] Jars, mâle de l'oie.
[3] Arène, sable.
[4] Palmaire, paume de la main.
[5] Se mutant. Muter, souffrer le vin.
[6] Pollen, poussière séminale, terme de botaniste.

Vous avez, dira-t-on des idées saugrenues
Comme un Nemocérès[1] votre esprit danse aux nues.
Voulez-vous parler de Jupiter
Tombant des cieux comme un clerc
Près de Junon, beauté novice,
De se faire cueillir eut-il la malice ?
La primevère jaune est ~~appelée~~ coucou...
Il n'eut garde de se montrer en loup,
Ni même souverain redoutable ;
Mais une fleur est agréable.
Le poële[2] devient-il Minhocao[3] ?
David-Jones est turbulent... On doit crier bravo...
Il foudroie ~~quand il est en~~ colère.
Le thornax est son planétaire
Il a le fusin, le matou
Qui jamais n'ont manqué l'atout
Sur bergère
Reine ou fougère :
Ce n'est le chevalier sans reproche, ni peur ;
Il fait une horrible frayeur
Quand sur vous il met ses griffes,
Qui pense à faire procès aux Téneriffes ?
A la meloniére de l'agneau ?
Au cadran du froid et du chaud ?

La géogénie doit être notre étude,
Avec zèle, avec béatitude,

---

[1] Némocères, insectes, mot grec qui signifie antennes en fil.
[2] Poêle, voile qu'on étend sur la mariée.
[3] Minhocao — Aux notes.
[4] David-Jones. — Aux notes.

L'esprit
N'a de secret qu'elle n'apprit...

L'autruche compte sur elle,
La terre est maternelle!
De quinze œufs lui fait dépôt,
C'est l'engrais, le terreau :
Lentille piperine
Qui de la Providence a l'échine.

MORALITÉ.

La langue innée est une question :
Le coucou ~~éclaircit~~ la motion
Favorable à la corde lyrique.
Le merle et le bec-fin en seront la logique,
Nourrissant le petit étranger gaîment
Sans que le nourrisson prenne leur instrument.
La parole ~~aussi~~ a sa structure,
~~Diverse~~ est sa nature :
Tout idiôme ayant sa voix,
Pour parler Iroquois, ayez un Iroquois;
Il suffit qu'il soit homme,
A la tour de Babel il donnera la pomme.

---

[1] Lentille piperine, ciment naturel.

NOTES.

Notice sur les coucous.

Ils sont insectivores et voyageurs; ils mangent les œufs des autres oiseaux; ils sont farouches, ne construisent pas de nids; mais confient le soin de leur incubation et l'éducation de leurs petits aux nids de passereaux insectivores, surtout aux merles et aux becfins, qui, quoique parens étrangers, prennent un grand soin de leurs petits nourrissons.

(SALACROUX.)

Le coucou était un oiseau consacré à Jupiter. Ce dieu, dit-on, rendit l'air très froid, se changea en coucou et alla se poser sur le sein de Junon. Le mont Thornax dans le Péloponèse, où cette aventure se passa fut depuis appelé le mont du coucou.

(*Myth.*, NOEL.)

Sur les sarigues.

Les sarigues ou pédimanes sont originaires des pays chauds et tempérés de l'Amérique. Les femelles pondent de quatre à dix petits. Animaux carnassiers, l'odeur de leur chair est repoussante, cela provient d'une matière grasse sécrétée dans la poche abdominale.

Les sarigues sont faciles à apprivoiser, mais leur société n'est pas agréable, étant fort sales dans leur fourrure et gauches dans leurs mouvemens, quoique fort agiles à grimper sur les arbres. La seule chose qui plaise en elles est l'allaitement de leurs petits. Leur taille est celle d'un chat. Quant les petits viennent au monde ils ne sont gros que comme une mouche, mais grossissent à vue d'œil. Ces petits êtres s'attachent à la mamelle de leur mère, sortent et rentrent à volonté dans la poche abdominale.

Sur les autruches.

Ces oiseaux habitent les contrées voisines de l'équateur et s'écartent rarement de la zône torride pour entrer dans les zônes tempérées. Quoiqu'ils vivent particulièrement de graines et d'herbes on peut les regarder comme omnivores, car ils peuvent manger de tout ; ils sont voraces, mangent des poissons, avalent des morceaux de fer et digèrent des cailloux. Ils ne boivent pas et sont les seuls oiseaux qui urinent.

Les autruches ne font pas de nids, elles déposent à terre, dans des trous pratiqués au milieu du sable, une quinzaine d'œufs gros comme la tête d'un enfant, qui sont bons à manger ; un seul suffit au repas d'un homme. Ces œufs n'ont pas besoin d'être couvés. Les petits mettent six semaines à éclore, marchent en sortant de la coquille. Les Arabes se nourrissent de leur chair et leur font une guerre acharnée à cause de leurs plumes, ornement fort recherché. Ces oiseaux sont agiles à la course, dépassent même le cheval arabe. L'autruche décrit en marchant un immense cercle. Les chasseurs, pour s'en emparer marchent en droite ligne vers le point où elles doivent aboutir.

(SALACROUX.)

Lin de la Nouvelle-Zélande ou Phormium.

Le nom que les voyageurs ont donné au lin de la Nouvelle-Zélande indique en même temps le lieu de sa naissance et le produit qu'on en retire. Les fibres qui entrent dans la structure de ses feuilles, sont d'une ténacité supérieure à celle du chanvre et du lin, et peuvent être employées à la fabrication de cables, de cordes et même de tissu aussi fin que nos toiles. La forme et la structure de cette plante, unique dans son genre, sont analogues à celles des aloès. Habitant comme ces derniers une contrée exposée aux orages, elle a comme eux une tige robuste et des feuilles résistantes ; mais comme elle cherche les endroits marécageux où l'eau ne lui manque jamais, ses feuilles n'ont pas besoin d'avoir l'épaisseur de celles des aloès. Depuis quelque temps on a essayé de naturaliser le *phormium* en France, et il paraît que les essais ont été assez heureux.

(SALACROUX.)

Linus fils d'Apollon et de Terpsicore, ou d'Euterpe selon quelques-uns, d'Uranie et de Mercure suivant *Diogène Laerce*, ou d'*Amphimarus*, issu de Neptune selon *Pausanias*. Il reçut d'Apollon, son père, la lyre à trois cordes de lin; mais pour y avoir substitué des cordes de boyau beaucoup plus harmonieuses, le dieu jaloux lui ôta la vie. Les habitans du mont *Hélicon* faisaient tous les ans son anniversaire avant de sacrifier aux muses.

(NOEL.)

Vertumne.

Vertumne, dieu des jardins et des vergers. Il présidait à l'automne, et selon d'autres aux pensées humaines. Il avait le privilège de changer de forme. Le nom de Vertumne signifie *changer*, *tourner*; marquant l'année et ses variations, vraies métamorphoses par les quatre saisons. On croit que Vertumne fut un roi d'Italie qui prit le soin de détourner les eaux du lac *Curtius*, lac de bitume, pour le faire tomber dans le Tibre, fleuve passant à Rome.

(NOEL.)

Pomone.

Pomone, nymphe d'une grande beauté, remarquable par son adresse à cultiver les jardins et les arbres fruitiers. Elle fut révérée des Etrusques, peuple habile dans la science des augures. Ils la représentaient avec une couronne de myrte sans bandelettes.

(NOEL.)

Suzanne (chaste). — Bible, livre 13.

Saint Ignace et saint Sévère-Sulpice disent que le prophète Daniel n'avait que douze ans lors de l'histoire de Suzanne, fille d'Elcias et femme de Joachim. Elle avait été parfaitement élevée dans son enfance par ses parens. Lorsqu'elle vivait dans la réputation que sa chasteté lui avait acquise, deux vieillards eurent assez d'impudence pour entreprendre de la corrompre. Ils allaient souvent chez Joachim, son mari, ils furent touchés de sa beauté. La pudeur étouffa assez longtemps leur passion criminelle; mais enfin ils se découvrirent l'un à l'autre leur pensée secrète, et ils firent un détestable dessein entre eux pour surprendre Suzanne lorsqu'elle se baignait seule dans son jardin. Ils prirent l'occasion que les suivantes étaient allées quérir les choses nécessaires pour le bain, ils coururent à elle et lui découvrirent leur infame passion, et la menacèrent, si elle résistait, de déposer publiquement qu'ils avait trouvé avec elle un jeune homme pour la corrompre. Suzanne, ayant les larmes aux yeux et Dieu dans le cœur, leur répondit en ces termes : *Je ne vois que maux de toutes parts; car si je fais ce que vous désirez, je suis morte; et si je ne le fais pas, je n'échapperai pas de vos mains*; *mais j'aime mieux y tomber innocente que de commettre un péché devant Dieu.* Les vieillards ainsi méprisés ouvrirent les portes du jardin et dirent à ceux qui survinrent qu'ils avaient surpris Suzanne en adultère.

(DANIEL, 13, *Histoire de la sainte Bible*.)

Némocérès insectes, mot grec qui signifie antennes en fil.

Ces diptères se rassemblent par troupes nombreuses et forment en volant des espèces de danses régulières pendant des heures entières surtout à la maturité des fruits d'automne.

(SALACROUX.)

Le danseur Vestris les avait sans doute étudiées quand il se dit l'un des plus grands hommes de l'Europe, prenant Voltaire et le grand Frédéric *pour collègues*.

Extrait du Constitutionnel, mardi 5 janvier 1847. — Académie des sciences. — Minhocao.

Quelque étranges, quelque fantastiques que puissent paraître d'abord les récits recueillis par certains voyageurs dans les contrées à demi-sauvages, il est rare que quelques faits vrais ne se cachent sous ces apparences merveilleuses qui trop souvent provoquent l'incrédulité, détournent de remonter à la source et empêchent la découverte de faits positifs et réels.

Don Louis Antonio da Silva e Souza, rapporte qu'il existe au Brésil dans la province de Goyas, un monstre appelée *Minhocao.* Ce monstre est aquatique et habite les endroits les plus profonds des lacs de ces vastes provinces. Souvent ils saisit sous le ventre les chevaux, les bêtes à cornes attirés par le besoin de boire et les entraîne au fond de l'eau.

D'autres voyageurs, en répétant ces détails recueillis sur les lieux ajoutent que le minhocao est très difficile à voir, mais que cependant il a été aperçu par quelques habitans, qui le désignent comme un gros ver ayant une bouche visible.

M. Auguste Saint-Hilaire, dont le monde savant connaît et apprécie si bien les travaux botaniques recueillis pendant un long séjour au Brésil, avait souvent entendu raconter des faits analogues et les avait toujours traités de fables. Mais pendant son séjour à Montpellier, ayant eu occasion de s'entretenir de ces merveilleux récits avec le professeur Gervais, il en est revenu à d'autres idées.

M. de Saint-Hilaire croit que le minhocao pourrait bien être le lépidosirien paradoxa découvert par M. Natterei dans les eaux stagnantes du rio da Madrira.

David Jones. Dans la mythologie des marins anglais, cet être fantastique est le démon qui commande à tous les esprits malfaisans de la mer, et qui se rend visible sous différentes formes : tantôt enveloppé dans un ouragan, tantôt dans une colonne d'eau, ou de mille autres manières, pour avertir de leur malheur les victimes dévouées à la mort. Quand leur imagination effrayée le personnifie, elle lui donne de grands yeux, trois rangées de dents aiguës, des cornes, une taille énorme, et de larges narines d'où sort un feu bleuâtre.

(Noel.)

Ténériffe, l'une des Canaries, dans l'océan Atlantique. La mer presque toujours mauvaise sur ses bords en rend l'approche dangereuse. *Le pic de Ténériffe*, dont la forme est cônique, renferme un vaste cratère, qui de siècle en siècle vomit des laves brûlantes.

(Géographie.)

La meloniére de l'agneau.

En Tartarie, d'une semence qui ressemble à celle du melon, mise en terre, naît une plante nommée bonareth, qui, en langue tartare, signifie *agneau*. Elle croît à la hauteur de deux pieds ; a une tête, des yeux, des oreilles et autres membres ; a du sang comme un agneau, et au lieu de chair une substance qui ressemble à l'écrevisse, qui est couverte d'une peau déliée dont les habitans se servent pour fourrer leurs bonnets. Elle a des ongles qui ne sont point des cornes mais du poil ou brins d'herbes ressemblant aux pieds des agneaux vifs ; la racine est au milieu du ventre ; elle broute les herbes qui croissent à l'entour et vit aussi longtemps qu'elles vivent, quand il n'y en a plus la racine sèche. Cette plante animale est recherchée des loups et oiseaux de proie. C'est sans doute un zoophyte.

(Dict. théolog.)

Animaux rayonnés.

Dans les animaux des trois embranchemens qui précèdent chez les animaux rayonnés l'uniformité et la disposition symétrique disparaissent pour faire place à une grande diversité de formes et de fonctions. Le seul caractère bien marqué qu'ils présentent consiste dans la simplicité de leur organisation, évidemment inférieure à celle des vertébrés, des articulés et des mollusques, et dans la disposition de leurs parties qui forment ordinairement autour d'un axe ou centre commun, des espèces de rayons semblables à ceux d'une étoile ou aux pétales d'une fleur, ce qui leur a fait donner le nom de zoophytes. Leur système nerveux, bien loin d'atteindre à un développement comparable à celui des autres animaux, n'a pas de centre commun (l'encéphale) pour recevoir les sensations ou pour présider au mouvement, etc., etc. La plupart demeurent fixés toute leur vie à la place ou ils sont nés, etc,

(Salacroux.)

LE CHANT DU CYGNE.

APOLOGUE.

Apollon de son char a rompu les essieux,
Par Junon proscrit, il quitte les cieux ;
Le disgracié va chez Admète,
~~Qui pour lui du *kouli* crée la fête.~~
Le dieu veut la payer de son métier,
Il se fait son berger et son ménétrier.
Cygnus, son ami, met à l'eau ses flottes ;
Oublie, de sa gamme, les mélodieuses notes ;
Vient tenir les destins ;
Et par ses rayons argentins,
Il veut que l'ame
Remplace la flamme,
L'adresse et la vigueur
De l'illustre vainqueur,
De Python, serpent de race,
Faussant de Thémis la trace...
L'oiseau brillant,
Au long cou blanc,
Rend de la voie lactée le miroir limpide ;
Se baigne à l'oasis jadis aride ;
Aux lamproies de Junon donne des muids.
Lors, la laite égarée du Nil fleurit les buis,
Ellébores en oronges,
Du lierre et de l'ortie elle file les éponges,

Ses disques affermissent l'arène du torrent.
On sait que l'amphibie d'un phare a le brillant;
Du lymphatique autographe
Les blanches aîles s'agitent en télégraphe.
De l'épi sarrazin, il devient métayer;
Et par ses phases à Phébus disgracié,
A la Thessalie tend sa corde éolienne.
La conque d'Hécate était diluvienne,
Et de Junon excitait le courroux.
De l'Astrée le duvet en burnous,
Sur son sein d'une huile irrique l'ambroisie
(Pavots voluptueux contre la jalousie).
Le cygne perdit la voix;
Son trône fut envié des rois.
Du paon, on le sait, l'éventail est harde,
Comme Xantippe, sa luette est criarde.
Présentée à Junon, la glace de Cygnus
(Aux accords de Linus)
De ses traits adoucis fait admirer l'empreinte:
Des madrépores en guirlandent l'enceinte,
S'enlacent autour du tain
Illustrent la déesse donnant le sein
A l'enfant Hercule,
Et glorifient Lucine par un digne opuscule,
Lui offrant de l'estime la palme,
A sa vertu rendant le calme,
Sans la flatter la couronnant,
Comme un type l'offrant;
Humaine et sage,
Se vengeant ainsi d'un époux volage...
(Car Alcmène ignorait l'omœopathie
D'Amphitryon seul crut à la sympathie)

1 madrépores polypier habitation des polypes, [illegible] ressemblant à un arbrisseau

Junon avec grandeur
D'une reine montre le cœur,
Aidant la vertu faible, non coupable,
Qu'un double regret accable...

MORALITÉ.

Les dieux favorisent les soins de l'amitié ;
Pour le prochain ordonnant la pitié.
De la religion étudions les pages ;
De Plutarque illustrons les sages.
Le patriote fait la législation,
Il prie Dieu que de la nation
Se consolide l'arbre. Favorisé de la vierge,
Il allume son cierge ;
Le vœu d'un saint révéré
Suffit au feu sacré.

NOTES.

Houli, fête de l'Inde entière, gentile ou mahométane. C'est l'équinoxe du printemps. Elle arriva pendant la pleine lune qui suit le premier passage annuel du soleil à l'équateur. Les Indiens de tous rangs se jettent à pleines mains de la fleur rouge de Juba pulvérisée, ainsi que de petites bulles d'une eau coloriée avec la même plante. Ces bulles crèvent aisément et couvrent de taches les habits des personnes frappées, traces qui ne sont ni honteuses, ni désagréables. La tradition rapporte que Crisna, Apollon indien, descendit sur la terre et se retira chez Admète, en Grèce. Il fut assez galant pour multipler sa forme; rencontrant neuf houlies (muses), il leur donna la main pour danser. On en voit la preuve dans les chants consacrés *hoûli, houli, houli.*

Ambassade du Thibet (Myth. de Noël).

Aux lamproies de Junon, qu'il ne faut pas confondre avec celles de la médaille symbolique de l'adultère, où l'on voit une lamproie accouplée avec un serpent.

Xantippe, épouse de Socrate, dont le caractère querelleur et la voix criarde sont passés en proverbes.

Madrépores, polypier qui ressemble à un arbrisseau.

De la fleur en général.

On peut dire des fleurs ce qu'on dit de la Jeunesse frappée par la Mort :

Les plus belles choses
Ont le pire destin,
Elles vivent ce que vivent les roses,
L'espace d'un matin.

On distingue deux sortes d'organes dans la fleur :

Les organes de la fructification

Et les organes protecteurs.

Il y a trois sortes d'organes reproducteurs : 1° les organes sexuels; 2° ceux moins utiles qui sont appellés *Périanthe* ou *Périgones*, et les 3° ceux dits accessoires, qui manquent dans un grand nombre de plantes, sont dits nectaires. Tous sont disposés circulairement sur un axe central, autour duquel ils forment des verticelles (c'est-à-dire des bouquets) composés de plus ou moins de pièces.

Organes sexuels de la plante.

Les organes sexuels sont à l'extrémité d'une petite tige (ou pédoncule) qui se termine par un renflement ou évasement auquel on donne le nom de *réceptacle*. Ils sont de deux sortes : l'un appelé *pistil*, dans lequel se forment et se développent les germes ou les grains ; et l'autre dite *étamine*, qui renferme une poussière fine (le pollen) dont l'influence est indispensable au développement des germes contenus dans le pistil. Ces deux organes réunis dans la même fleur, la déterminent *hermaphrodite*. Il arrive souvent que le pistil se trouve placé dans une fleur et l'étamine dans une autre : ces fleurs sont dites *unisexuées*. En outre, la fleur qui a le pistil est femelle, et celle à l'étamine est mâle.

Quand on examine une fleur, on voit au centre une ou plusieurs éminences surmontées d'une aigrette effilée avec un petit évasement à son extrémité : c'est le pistil. Cet organe se compose de trois parties : l'*ovaire*, le *style* et le *stigmate*.

Il y a deux sortes d'ovaires, d'après leur position relativement à l'enveloppe florale. Lorsque celle-ci le recouvre entièrement et le rend invisible, à moins d'enlever cette enveloppe, comme dans le safran, on dit : l'ovaire est *infère* ou adhérent. Il est, au contraire, libre ou *supère* lorsque l'enveloppe s'attache au-dessous de lui, de manière qu'on peut l'apercevoir sans effeuiller la fleur, comme le lis, l'aloès.

La seconde partie du pistil est le style (ou aigrette) qui surmonte l'ovaire. C'est un canal de longueur variable destiné à mettre le pollen fécondant à l'ovaire. Ce canal est quelquefois si court qu'on a de la peine à le voir; dans d'autres fleurs, comme le lis, il a plusieurs pouces de longueur.

Le style est toujours terminé par un petit évasement que l'on appelle stigmate. Cette troisième partie du pistil, qui n'est pas essentiellement distincte de son support, est destinée à recevoir le pollen et à le faire passer, par le moyen du style, jusqu'aux germes de l'ovaire.

Dans l'immense majorité des fleurs, on voit s'élever, à côté ou autour du pistil, un ou plusieurs filamens déliés qui forment une espèce de couronne : ce sont les étamines. Toute étamine se compose de deux parties : d'un filet ou support et d'une anthère, espèce de poche membraneuse qui renferme le pollen ou poussière fécondante.

Du périgone ou périanthe.

Il est peu de plantes qui en soit dépourvues, quoiqu'il n'ait pas dans toutes les fleurs la légèreté ni l'éclat que nous admirons dans la rose, la tulipe, le camélia, la reine Marguerite.

Le périgone simple et composé d'une seule pièce, est monophylle, comme dans la campanule, la belle-de-nuit; polyphylle dans la renoncule, le pavot.

Simple et unique dans la tulipe, le lis; elle porte alors le nom de calice. Mais le plus souvent elle est double, et dans ce cas la partie extérieure s'appelle calice et l'intérieure corolle. Dans quelques végétaux la nature a même ajouté une troisième partie, que l'on appelle involucre quand elle forme une espèce de collerette autour de la fleur, comme dans la carotte, et spathe lorsqu'elle enveloppe la fleur dans sa totalité, comme dans le narcisse, le dattier.

1° Du calice. Quoique le calice soit quelquefois orné des plus riches couleurs et du plus brillant éclat, comme dans la tulipe et le lis, le plus souvent il est privé de ces agrémens et il est regardé moins comme un ornement que comme une enveloppe protectrice pour les organes de la fructuation. Ce qui le confirme, c'est que le calice se fane et tombe dès que ces organes ont été remplacés par le fruit.

Pour remplir ce but de la nature, cette enveloppe est ordinairement composée de plusieurs feuilles, qui, se repliant avec facilité les unes sur les autres, forment au pistil et aux étamines un rempart impénétrable aux injures de l'air ; et lorsqu'elle est tout d'une pièce, on remarque que sa partie supérieure est découpée en lobes ou lambeaux qui se croisent et se recouvrent comme le cas précédent, tandis que l'inférieure forme un tube serré également propre à remplir le même objet.

On distingue trois parties dans le calice : le tube ou portion rétrécie, qui s'étend depuis son origine jusqu'à la partie évasée ; le limbe ou portion évasée, et l'orifice ou gorge, qui sépare le limbe du tube.

Les lobes du limbe sont en nombre variable dans la plupart des plantes. Lorsque les découpures ne vont pas jusqu'au réceptacle, le calice est dit *monosépale* (la menthe, le jasmin) ; quand elles y parviennent, on l'appelle *polysépale* (le pavot, la renoncule). D'après le nombre des feuilles ou des divisions du calice, celui-ci est disépale, trisépale, tétrasépale, peutasépale, etc., ou bifide, trifide, quadrifide, quinquifide.

Du calice.

Chaque sépale du calice est composé d'une lame et d'un onglet. L'onglet est cette partie plus ou moins rétrécie par laquelle la feuille adhère au réceptacle ; il forme le tube du calice par son union avec ceux des pétales adjacens. La lame est la portion large et étalée qui le termine supérieurement.

Par rapport à la manière dont le calice s'insère au réceptacle, on dit qu'il est *infère* quand il s'attache au-dessous de l'ovaire, comme dans le lis, et *supère* quand il s'insère au-dessus, comme dans le narcisse.

2° De la corolle. Le nom de corolle vient de *corona*, parce qu'elle forme autour du pistil et des étamines une couronne qui embellit et protège la fleur.

Comme le calice, la corolle peut être composée d'une ou de plusieurs pièces. Dans le premier cas elle est monopétale, dans le second polypétale.

On dit une corolle régulière, lorsque tous ses pétales sont semblables, comme dans le lis, la rose; irrégulière, comme dans la gueule-de-loup, la sauge.

Lorsque la corolle régulière a la forme d'une clochette ou d'un entonnoir, elle est *campanulée* ou *infundibuliforme*. Imite-t-elle les rayons d'une roue, on l'appelle *rotacée* si elle est monopétale, et *rosacée* si elle est composée de plusieurs pièces. On la nomme encore *cruciforme* quand elle est formée de quatre pétales opposés en croix, comme dans la giroflée, la moutarde, et *caryophyllée* lorsqu'elle est pentapétale et munie d'un long tube, comme dans l'œillet.

La corolle irrégulière peut être *labiée*, *personnée* ou *papilionacée*. La première est partagée transversalement en deux divisions ou lèvres, l'une supérieure et l'autre inférieure, comme dans la mélisse. Dans la corolle personnée, la division supérieure forme une espèce de capuchon, comme dans la gueule-de-loup. Quant à la papilionacée, elle se compose de cinq pétales : l'un, supérieur, large et étalé sur les quatre autres, s'appelle *étendard*, deux moyens nommés *ailes*, deux inférieurs réunis et renfermant les organes reproducteurs; c'est la carène, le genêt, le pois de senteur.

On donne le nom d'inflorescence à la disposition des fleurs sur leur tige.

Elles sont *verticillées* lorsqu'elles forment autour du pédoncule une espèce de couronne.

Si elles sont éparses sans ordre, elles forment une *panicule* ou *grappe;* dans le marronnier d'Inde c'est une grappe, dans le maïs c'est une panicule.

La panicule ou la grappe prend le nom de *chaton* lorsqu'il ne porte que des fleurs écailleuses et unisexuées (qui n'a qu'un sexe), (le noisetier, le noyer, etc.) ; d'*épi*, lorsque les fleurs sont complètes (le plantain, le blé, le maïs, etc.); et de *spadice* lorsqu'elle est entourée d'une *spathe* (membrane (1) des fleurs). Enfin, on ap-

(1) Membrane, partie mince et nerveuse du corps qui sert d'enveloppe à d'autres parties.

pelle *ombelle* cette disposition des fleurs qui, partant d'un même point de la tige, s'élève à la même hauteur, de manière à imiter une ombrelle. Les plantes qui présentent cette sorte d'inflorescence sont dites *ombellifères*. Tels sont la carotte, le cerfeuil, etc.

§ III. — Des nectaires.

Le nom de *nectaires* est donné aux glandes qui distillent une liqueur mielleuse comparée au nectar, et depuis Linnée en général aux organes floraux, tels que la couronne du narcisse, l'éperon du pied d'alouette et de la capucine, les cornets de l'ancolie, et quelques autres parties analogues qui ne peuvent être regardées comme sépales, pétales, étamines ou pistils.

(Extrait de l'*Histoire naturelle* de A. Salacroux.)

LE PENDENTIF[1]

RÉCLAMÉ PAR DES POISSONS.

RAPSODIE INDIENNE.

Vous voulez, mon esprit, imiter La Fontaine?
Sans médisance ni haine,
Je dis que vous avez tort;
Laissez, sans vous rejetter loin du port,
Le singe à grotesque tournure.
(Un dauphin, trompé par la figure,
Le crut homme. D'Athènes l'ignorant
Prit le Pyrée pour un manant.
Il retourna dans l'eau). Du sage
Les poissons sont lettrés, de la plage
Connaissent les gens par leur refrain!
Cette rapsode assied Vulcain;
Près d'une toilette, Vénus subtile
Dit : Ma beauté me semble fragile!...
Voyez... de ma ceinture je perds le pouvoir.
La faute en est au miroir,
Répond l'époux amoureux et tendre...
Je sais à qui m'en prendre...
Les esturgeons, baleines et cachalots,
Dont les limons sont aux fourneaux,

---

[1] Pendentif, portion de la voûte sphérique.

Disent que des lunes se troublent les glaces,
Que les graviers ont des antithées [1] homasses [2].
Ils torturent mes esprits
En réclamant de vieux rescrits.
Une invention
Excite au plus haut point leur passion ;
Des puits artésiens ce sont les cataractes,
Grommèlent ces écailles qui n'ont pas d'entr'actes ;
Des acanthoptérigiens [5] on fouette les poulmons ;
D'aveine s'énivrent les rayons ;
Vos alpagattes [4] s'empêtrent d'argiles ;
Les cieux tombent en fossiles ;
Des laitances nous perdons les rameaux ;
Des zonaires [5] les cristaux ;
Les semainiers n'ont plus relâche
Quand ils dorment on gâche ;
Les sèches [6], les coraux
Aux parois ne mettront pas réseaux ;
Le saloir se brouille ;
Des fanons le carloch [7] se rouille ;
Le fil de la vierge, allaites du goujon,
Par la vapeur brûle, (madame de Maintenon
Voyant des carpes en eau claire,
Dit : Ainsi que moi de leur jonchère
Ces pauvres ouies regrettent du bourbier

---

[1] Antithées, génies.
[2] Homasses, femelles.
[3] Acanthoptérigiens, de deux mots grecs qui signifient nageoires-épineuses.
[4] *Alpagattes* pantouffles d'écorces d'aloès.
[5] Zonaires, cristal entouré d'un rang de facettes.
[6] Sèches, genre de mollusques, raisins de mer.
[7] Carloch, colle d'esturgeon.

Le gaz, l'eau trouble et le vannier)...
En effet, de l'argent s'oxident les mailles,
Les aciers ont des pailles
Dit Vulcain ; mon firmament
De se plaindre n'a pas tort vraiment.
Les eaux lustrales eurent des sacrifices,
Pour des ondins purifier les cilices.
De Minerve on crispe les nerfs
En foulant les *thermalles* [1] en serfs.
Rappelons-nous que du Tigre éclatèrent les bondes
A Pluton il versa ses ondes ;
L'indigo exalta ses flancs,
L'Esca [2] brûlé couronna [3] les élans.
Toute planète a des disques ; un baptême
Sa tonne, son cep d'huile ou de crême ;
La baleine échoua pour que de Sion
Le prophète à Ninive y prêcha la *mission*.
Vénus !... à cette cour je vous vis bien parée !
Votre étoile éclairait la marée,
Vous êtes du berger l'astre soir et matin!
Chef-d'œuvre du Destin !

. . . .

Puisqu'on fouille les ruines des Guêbres,
Étant fille du ciel, alliée des ténèbres,
De votre aïeul réclamez les graviers,
Les parchemins, les cendriers...

---

[1] Thermalles de *Thermodon*, fleuve de la Thrace, célèbre par les amazones qui habitaient sur ses rives. Thermona, nymphe qui présidait aux eaux thermalles. *Thermatis est l'Iris* irritée qui avait la même fonction que la Némésis. *Elien* lui donne pour symbole un espèce de serpent dangereux.

[2] Esca, bolet dont on fait l'amadou.

[3] Couronna, on dit qu'un cheval est couronné quand il tombe sur les genoux.

C'est l'urne de votre grand-père,
Auquel Jupin à ravi la lumière.
Afin de fourrager les poulains favoris
Des courriers de sciacrid[1]
On en profana les annales
En orgies bachiques et animales ;
La chair humaine fut l'encens
Offert aux caïmans.
Par Junon, ma mère, au génie des plumes,
Mes sandales sont des enclumes,
Du cèdre je soutiens les joncs,
A la lyre d'or je fournis des sons.
Je veux que le divin aspic
Conserve d'Adam le spic[2].
Près de Thémis, Python vorace
De la moelle du cèdre avait l'audace
Impunément de se gorger. Apollon
Pour délivrer la terre du dragon,
De sa lyre fait taire l'harmonie,
Prend un arc chez la belle Uranie,
Tue le serpent, de sa peau se vêt,
D'une flèche garde le trait ;
Du belvédère chasse les ogresses,
Bacchantes, brunes altesses,
Couronnées du rameau d'or,
Attirant aux rescifs[3] pour donner la mort.
Le sabbat de leurs os eut le tréjetage[4]
(Précieux sels aux lainages) ;
La pourpre lors se lessiva.

---

[1] Sciacrid, matines juives.
[2] *Spic*, lavande.
[3] Rescifs, rochers à fleur d'eau.
[4] Tréjetage, action de transvaser le verre fondu.

Ce qu'Homère nous dit tâche à Nausica.
Ce Crayer[1] à l'oison a donné la gravelle,
Et de l'huître est la javelle[2].
A Cérès affamée on a servi Pélops,
Thèbes perdit la brebis d'Ops.
D'horreur rebroussa le soleil. La victime
Revint sur terre, son épaule est la dîme
Qui de l'ivoire a le nénuphar,
A Neptune échanson verse le nectar[3].
Le destin a maudit Sardanapale
Qui des mares prodiguait la belle opale ;
Aux flottes arborait les taons ;
Aux crocodiles octroyait les moribonds;
D'ostracites[4] bâtissant les jetées.
Oriflammes pailletées,
Des ogres les sorts
(Esclaves enchaînés au port),
On détrônait les anges
Pour des licornes parfiler[5] les franges
Et fournir la galgale[6] aux enfers
Par les limons et les éclairs...
Le dieu Mercure, improvisateur d'intermèdes,
Vendait contre l'ennui bayadères et remèdes ;
Les paroles scandées de ces hableurs
Sur des tréteaux offraient les jongleurs,
Attirant sur leurs nefs par le chant des syrènes.

---

1 Crayer, cendres vitrifiées.
2 Javelle, poignée de blé scié.
3 Le *nectar* était la vigne des dieux.
4 *Ostracites*, coquilles pétrifiées. *Ostracé*, nature de l'huître. *Ostracisme*, loi athénienne qui banissait pour dix ans.
5 Parfiler, oter l'or de la soie des galons.
6 Galgale, mastic de chaux, d'huile et de goudron.

D'Orion furent ravagées les plaines ;
On en vendait les nids, les moineaux
Et les plumes pour oripeaux ;
En herbes on fauchait les hirondelles ;
Les chevaux du soleil n'étaient plus que libelles ;
Les broussailles sans amadous,
Sur les humains germaient en loup-garoux !
Trois jours Saturne engourdi en une chronique
Qui met *Vesta* de temps critique ;
Sur elle est la peste et le deuil ;
Le statut drapé est sans prunelle à l'œil.
Pan n'a plus ni roseau ni sieste,
Epoque du festin d'Atrée et de Thieste.
Qu'a besoin l'esprit de calculs ?
De la mémoire n'a-t-il pas les cumuls,
De Phébus les vers, d'Uranie les triangles,
La cycloïde, les angles,
L'hypoténuse, des miroirs les tains,
Des muses les refrains,
Les tables d'Esculape
Désignant l'étape,
Des lierres, des ciguës, des fleurs,
Qui fournit aux *daguerres* les couleurs ?
Manipuler la chique [1]
N'est que combiner la physique,
De l'archer des saisons
Dont le vent épure les sons.
Pour tout dire les Minées
Devinrent des araignées,

---

[1] Chique. — Cirou. — Coton défectueux. — Petite tasse. — Tabac qu'on mâche.

Ayant négligé les dieux. Le lin[1]
Est bon ; meilleur est le vin !...
Vénus a fini sa toilette,
De Mars elle attend la planète,
Elle dit à son époux, de la main le flattant :
De moi vous êtes content.
Vous êtes un magicien plus adroit que les Grâces !
Que me sont les sylvains, les pégases ?
Vous plaire est mon seul désir.

MORALITÉ.

Au savant c'est faire plaisir
Que d'utiliser sa science,
Applaudir à son expérience
C'est récompenser ses travaux.

---

[1] *Lin*. Les monopérygines ont trois groupes importans : les *liliacées*, les *aspéraginées*, les *alismacées* et les palmiers. La première famille est celle des liliacées ; nous lui devons l'oignon, l'échalotte, le poireau, l'aloès, la scille, l'ananas et le phormium ou *lin de la Nouvelle-Zélande*.

NOTES.

Sturioniens ou *chondroptérygiens* à *branchies* (c'est-à-dire *ouies*) libres.

Les esturgeons sont faciles à caractériser par leur bouche petite, dépourvue de dents et située au-dessous du museau, par leurs mâchoires munies de babillons, et par leur corps allongé et garni supérieurement de plaques dures implantées dans la peau et disposées par rangées longitudinales. On leur trouve derrière chaque tempe un trou qu'on pourrait prendre, en n'y faisant point attention, pour une espèce de conduit auditif externe; mais ce n'est que l'orifice d'un évent qui conduit aux branchies. Ces poissons n'ont pas plus d'oreilles que les autres; on leur trouve seulement, dans l'épaisseur des os du crâne, un labyrinthe conformé comme celui des autres animaux de leur classe.

Les *condroptérigiens* ont la peau dépourvue d'écailles ou simplement chagrinée.

L'*ichthyologie* est l'histoire naturelle des poissons. Après avoir parlé des vertébrés qui habitent la terre ferme, l'atmosphère et les marais, M. A. Salacroux, dans son ouvrage adopté par le Conseil royal de l'instruction publique, pour l'enseignement de l'histoire naturelle dans les colléges et écoles normales primaires, pour compléter l'histoire naturelle du premier embranchement de la *zoologie*, *science qui traite des animaux*, vient à parler de ceux que la nature a créés pour peupler le sein des eaux. Les poissons ne méritent pas moins qu'eux l'intérêt du naturaliste.

Destinés à vivre dans un élément tout différent de celui qui forme l'atmosphère, il fallait aux poissons une organisation appropriée à leur genre de vie; aussi tous leurs organes ont-ils éprouvé des modifications importantes, soit dans leurs formes, soit dans leur structure.

Leur corps est généralement allongé et toujours fusiforme (c'est-à-dire en forme de fuseau), sans cou distinct, nu ou couvert d'écailles, constamment enduit d'une humeur visqueuse (gluante, tenace), et pourvu de nageoires, soit paires (1) et latérales (2), soit impaires et médianes (3). Leur forme est celle d'un vaisseau dont la tête forme la proue et dont la queue imite la pompe avec le gouvernail; l'enduit muqueux (de mucosité ou mucus, humeur visqueuse) qui les recouvre, a pour double résultat de préserver l'animal de l'influence de l'humidité et de rendre son corps plus glissant pour fendre les eaux; enfin les nageoires sont destinées à diriger ses mouvemens et à les rendre plus rapides.

Leur squelette présente aussi des modifications remarquables : leurs os, composés de matière calcaire (terre ou pierre que le feu transforme en chaux) et d'albumine (substance de la nature du blanc d'œuf) au lieu de gélatine (matière animale qui se transforme en gélée), sont généralement plus mous, plus flexibles et plus élastiques que ceux des mammifères et des oiseaux.

(Extrait de Salacroux.)

La *baleine* est un cétacé, ainsi que le cachalot.

Les cétacés.

Lorsque les naturalistes ne basaient la classification des êtres que sur leur forme extérieure, les cétacés faisaient partie de la classe des poissons. Mais l'étude de leur organisation a fait cesser cette erreur et leur a fait prendre place parmi les mammifères. Leur cœur double, leur respiration pulmonaire, leur sang chaud, leur génération vivipare (animal qui fait ses petits tout vivans; vivipare signifie encore : plante qui produit des rejetons feuillés), la présence des mamelles à la partie inférieure du tronc, la conformation osseuse de leur membre, l'existence d'un trou auditif (qui appartient à l'ouie; ainsi les Lapons, par leur tambour magique, se mettent en rapport avec les mammifères cétacés), sont autant de ca-

---

(1) Paire, divisible en deux parties égales.

(2) Latérales, c'est-à-dire de côté.

(3) Médianes, médiant qui est au milieu.

ractères qui rapprochent ces animaux de la classe des mammifères et les éloignent de celle des poissons. D'ailleurs, la disposition même de leur queue, qui est transversale (qui traverse en biais) au lieu d'être verticale (perpendiculaire, c'est-à-dire tombant d'aplomb) comme chez les derniers, les en sépare, mais extérieurement, d'une manière bien tranchée.

Les cachalots, comme tous les autres cétacés, vivent en sociétés nombreuses qui sillonnent la plupart des mers. On assure que, lorsque quelqu'un des individus qui forment ces sociétés remarque l'approche de quelque danger, il en donne connaissance à ses compagnons en poussant un grand cri dont le timbre a été comparé à celui que produit une forte cloche. Le retentissement est tel, si l'on en croit les capitaines de vaisseau, qu'il fait trembler le navire pendant plusieurs secondes.

(Extrait de Salacroux.)

J'ai lu dans un journal qu'une baleine échoua sur les côtes de Cadix et que son beuglement s'entendait de quatre lieues. Ainsi donc elle avertissait ses compagnes du danger de la route.

La conchologie ou histoire naturelle des acéphales.

Cette quatrième classe comprend une immense quantité de coquilles vivantes, et peut-être un plus grand nombre de fossiles, que l'on trouve répandues avec profusion, et quelquefois en bancs énormes, dans les couches qui forment la croûte solide du globe terrestre. Uniquement composée d'animaux sans tête apparente, leur corps est renfermé dans un manteau qui, étant ployé en deux, l'enveloppe comme un livre est enveloppé par sa couverture ; seulement il arrive assez fréquemment que les deux lames (1) de cette enveloppe se réunissent par devant, de manière à former un tube (2), ou même un sac, dans lequel l'animal se trouve entière-

---

(1) Table de métal fort mince ; fer des instrumens tranchans ; clinquant ; vague d'une mer agitée.

(2) Tuyau ou cylindre creux.

ment caché. C'est entre la paroi (1) intérieure de ce sac et le corps qu'elle recouvre, que sont placées les branchies qui reçoivent l'eau au moyen d'un siphon (2) formé par un repli du manteau.

La bouche de ces mollusques est toujours placée au fond du sac et ne présente ni tempe, ni mâchoires, ni dents, ni enfin aucun organe particulier pour la mastication. C'est une simple ouverture qui ne sert qu'à admettre les molécules que l'eau lui apporte continuellement : par conséquent, tous les acéphales doivent toujours habiter l'eau. La plupart d'entre eux n'ont pour tout organe locomoteur qu'une petite masse charnue (le pied) dont les mouvemens s'opèrent par un mécanisme analogue à celui de la langue des mammifères (3) et qui a des muscles attachés dans le fond des valves (coquille, écaille, segment) de leur coquille. Quelques espèces seulement font servir les valves de leur coquille à leur déplacement, en leur imprimant un mouvement rapide qui fait faire à l'animal des bonds et des élancemens quelquefois considérables ; c'est ainsi que le pétoncle (coquille bivalve, c'est-à-dlre à deux valves), laissé à sec par le reflux, regagne l'eau, son séjour ordinaire.

(Salacroux.)

Quelques observations.

Les *pédiluves* sont des bains de pieds ; les pédiculaires sont des maladies qui engendrent des poux.

Pied. Les Romains attachaient une grande importance à entrer dans les temples du pied droit.

Les *Œgipans* ou *Ægypans* étaient des hommes demi-bêtes qui avaient les pieds de chèvre et étaient très légers à la course. Saint Jérôme, dans la *Vie de saint Antoine*, parle d'un de ces *Ægypans* ou *chèvre-pieds* qui fut vu par saint Antoine dans les déserts de l'Égypte. Les païens les ont nommés *faunes* et *satyres*.

Les *Sciopodes* ou *Monopodes*, peuple fabuleux de l'Éthiopie

---

(1) Muraille ; surface interne.

(2) Siphon, tuyau recourbé ; trombe.

(3) Langue des mammifères, c'est-à-dire des papilles, petites éminences.

dont parle Pline, lesquels, n'ayant qu'un pied, s'en servaient pour se mettre à l'ombre du soleil, en se couchant par terre et levant leur pied en l'air. Racine du mot : *skia*, ombre; *monos*, seul; *pons*, *podos*, pied.

(NOEL.)

Revenons à Salacroux. Le premier ordre de la quatrième classe dite conchologie, sont les brachiopodes; le second, les lamellibranches. Le premier sous-ordre, les *monomyaires*, dont la première famille sont les *ostracés*. Ces mollusques tirent leur nom de la ressemblance qu'ils ont avec les huîtres communes appelées en latin *ostrea*. Ils ont tous la coquille à deux valves : cette famille renferme les *huîtres* et les *peignes*.

(SALACROUX.)

Mon père m'ayant fait voir au microscope une goutte d'eau prise dans une huître, je n'y vis qu'une nature de sel semblable à l'huître, ce qui peut faire penser que les ostracés vivent aux dépens de leur propre sel. J'ai lu que le lévite d'Éphraïm coupa le corps de sa concubine en douze portions qu'il enferma dans une boîte de la nature des ostracés, à l'adresse de chacune des tribus d'Israel. On peut réfléchir sur le crime des Benjamites à l'égard du lévite, fonctionnaire de la mer de Bronze.

L'INDIEN.

APOLOGUE.

A MON JEUNE AMI A. C.

Un Indien de retour dans son pays,
D'une idée fut tout à coup surpris.
Il avait parcouru l'Europe, en France
Séjourné ; il aimait l'indépendance ;
Pour sa patrie recherchait le progrès,
(Le sage veut tout voir de près).
Il n'était point Usbeck[1], mais fils des Guèbres,
Distinguait bonnement la lumière des ténèbres.
Que m'est le pária ? se dit-il,
Un être abject et vil...
Aux mânes il ravit l'étincelle,
De l'oiseau il détourne l'aile...
Je suis de sa race, et pourtant
Cet homme est repoussant...
Devant lui d'indignation je tremble ;
Malgré moi, il me semble
Plus qu'un reptile odieux,
J'en détourne les yeux ;

---

[1] Usbeck, héros des lettres persannes.

J'adore le Dieu terrible
Dont j'aspire l'arôme ; lui, le crible,
Comme une ombre il erre parmi les morts,
Séjourne aux tombes, vit des sorts ;
Du stacté [1] qui s'épure
Il recherche l'ordure,
Des vautours, des corbeaux du destin
Les tables au terrible alcalin...
Moi de la Providence j'ai le rite ;
De l'ame en peine, lui, le mythe [2].
Laissons accomplir ses méfaits,
Fuyons-le, c'est ma loi : à Dieu sont les décrets ;
De l'arbre, d'antique histoire,
Il ~~expie la~~ mémoire. Id confronte/Dieu
Dieu n'éteint jamais son rescif [3],
Quoique nouvel homme et Christ.

MORALITÉ.

Au paria, mon ami, préférez le mage
Qui de la myrrhe à Jésus fit hommage ;
Comme l'urne des ayeux,
A l'étoile demandant des cieux ;
Des firmamens de Babylone,
Isolant la divine madone ;
Du Gange n'estimant le métal oximel [4]
(Pierre, diamant ou or) que dans l'éternel ;
Au misérable
Donnant la table...

---

[1] Stacté, mirrhe liquide.
[2] Mythe, trait de fable.
[3] Rescifs, rochers à fleur d'eau.
[4] Oximel, mélange de miel et de vinaigre

confronter comparer, mettre en présence

De Corinthe où trouver le chemin,
Depuis la chûte du Jupiter d'airain ?
L'univers est un cimetière,
Dont le cœur de la vierge est l'auguste mystère!

L'ESCLAVE DOCTRINAIRE,

APOLOGUE.

On connait Ésope,
De la tribu d'Érope [1],
~~Qui~~, à son maître des festins,
Fit connaître les bons et les mauvais alvins [2].
Xantippe, professeur de philosophie,
Des langues dégusta même la lie!
De son esclave il doit briser les fers. Au fait,
Ce peut-être un tort comme un bienfait.
Grave sujet d'un colloque [3].
Cependant du lettré voilà le soliloque [4] :
« Un collitigant [5] étudie ~~son~~ plaidoyer,
» Sa collicative [6] se trempe à l'encrier,
» Et prend la plume à l'insigne
» ~~Du corbeau~~ ou du cygne.
» Terme est un illustre tronc,
» D'Ésope digne escabellon [7]. »
— Tu es libre, dit Xantippe, ta servitude,

---

1 Erope, petite-fille de Minos, fut vendue par son père pour servir dans les pays lointains.

2 Alvins, flux de ventre.

3 Colloque, entretien.

4 Soliloque, entretien avec soi-même.

5 Collitigant, plaide.

6 Collicative, résout les humeurs, ici est sous-entendue *la langue*.

7 Escabellon, piedestal.

Étant une habitude,
Eut sa douleur, mais aussi son aimant,
D'être libre auras-tu lieu d'être content ?
Ta parabole fut inspirée ~~par~~ la déesse,
~~Il~~ te rend citoyen de la Grèce.
— Pour moi vous êtes le stipe [1] souverain,
De ma sève échauffant le serein [2] ;
De ma gallique [3]
Vous fructifiez la poétique ;
Elle épilogua [4] des festivals
Les cadrans, les tains, les pluvials....
Au jour vous rattachez le lichen qui rampe,
Respirez sans dégoût la vigne où elle trempe,
Votre pitié ~~est une~~ solution [5] ;
Tel le pontife verse une ablution
Sur la terre inactive,
Pour y développer la gerbe nutritive,
Offrant l'encens aux dieux !
Jupiter moins que vous est glorieux.
— Tu es libre... mais je te prie,
Avant ta départie,
De m'expliquer l'instrument du cerveau,
Bienfait des dieux... aussi fléau !!!...
— D'être universelle la langue eut le mérite,
Mais à la ranulaire [6] s'attaqua la mite [7].
Junon du lait sentit l'ardeur,

---

1 Stipe, tige de palmier.
2 Serein, vapeur froide qui tombe au coucher du soleil.
3 Gallique, acide de la noix de Galle.
4 Épiloguer, censurer.
5 Solution, dénouement d'une difficulté.
6 Ranulaire, veine sous la langue.
7 Mite, insecte du fromage.

Sa colère est la foudre du cœur!
De la voie lactée les vives étincelles,
Parmi les dieux excitent des querelles;
Les larves, les éclairs du cristallin,
Divisent le ciel; le destin,
Par des discoboles [1], organise des sphères,
Pavoise des atmosphères,
L'électricité reste à Python,
Il fut tué par Apollon,
Qui du suin [2] fait le dictame;
L'éléosaccharum [3], le sésame [4]
Agite les ruisseaux,
De Midas monétise les eaux,
Et pour Silène devint palpiste [5];
Pan, chevrier helléniste,
Fixe aux vaux le juste son
Au passage de l'accordéon;
Tandis que le dard qu'il décoche au vampire
Des ondes fait le délire...
— Fort bien; pour vivre que feras-tu?
— J'ai mon génie et ta vertu;
Quand allègre est l'ame,
Elle s'inspire et s'enflamme;
Tu seras mon amphitrion,
D'un Grec libre tu auras le dicton [6],
Timbre colchique [7],

---

1 Discoboles athlètes pour le disque.
2 Suin, sel neutre séparé du verre.
3 Éleosaccharum, huile incorporée avec du sucre.
4 Sésame, plante exotique.
5 Palpiste à palpe. — Vergues. — Cornes d'insectes.
6 Dicton, mot sententieux.
7 Colchique, plante.

Fixe à ton portique.
— Je peux mourir... du céleste flambeau
Naufrage le brulot;
Son char en déroute est à l'Averne;
Veux-tu que la Thessalie le berger gouverne?
Qu'est sa houlette pour le sacré vallon?
Son roseau paît le mouton!...
Car les Ides vagabondes,
Avec les Héraclides courent les ondes.
Le sceptre de la mastication
N'a de barrière qu'au Phlégéton;
Là, du requin est la rage,
Il ronge le manteau aussi bien que l'osage,
Les tarèts
Sur Hercule même lancent leurs traits.
Que t'en semble?
— Et quoi tu tremble
Que l'insatiable estomac
Conserve du destin le hamac?
Que m'importe la science,
Je sens ta douce influence....
De mon pagne tu fais un manteau [1],
De mon épine [2] qu'est le fléau?
Ma bride n'est plus grave,
Xantippe des héros est le brave;
Toute fatigue cesse à son loisir;
Sur ma terre il est zéphir;
Son cœur de Lucine est la pierre,
Et de mon flot l'esterre [3]...

---

[1] Esope, était bossu.
[2] Épine, vertèbres du dos.
[3] Esterre, petit port.

MORALITÉ.

L'apologue dit que le temps
Utilise les quatre élemens ;
Pénélope, sage ouvrière,
Est la foi de l'instinct écoutant la lumière ;
La patience est la vertu
Qui conduit au but.

LES DEUX ÉCREVISSES.

APOLOGUE.

Si vous rimez, rimez ingénument,
De la nature suivez l'accent;
Vous serez agréable et utile,
Tout idiome[1] a son édile[2].

Le sable un jour alla s'asseoir
Au temple de la fortune : Pline en vit le miroir
Sans en deviner le miracle;
Le tombeau d'une fille en devint l'oracle,
La lampe sépulcrale de Tulliola
Quinze cent quarante ans brûla !
De Vesta la flamme affermit les béquilles,
Ferre la savane[3] en coquilles ;
Sous sa voile est le maître
Dont se lave la guêtre :
Son pied de voyageur sur la terre posa ;
De la pourpre qui voudra,
Si elle n'assainit Crotone,
Et ne ménage la fourrure du faune?

Sixte, de Grégoire treize successeur,
Dévoile le vieil homme, Pierre fut pécheur,

---

[1] Idiôme *langue*. — Dialecte.
[2] Edile, magistrat romain.
[3] Savane, prairie, forêts en Amérique.

De tout cardinal est ainsi l'interprète.
Quint jette sa béquille, relève la tête,
L'audacieux s'ancre au Vatican,
De l'hypoglosse mouillant l'encens ;
L'enfant prodigue s'absout à la lumière...
Par un *Te Deum* mâte la chimère[1]...
Jadis Philoctète, sur le *Thuribulum*,
Au cep de Libanios rend le *jusjurandum.*
La matricaire de Périclès restait méthaphysique,
Sixte-Quint se livre à la critique...
Toi-même guéris-toi,
Infirme, si tu me crois.
De l'an dernier une feuille constitutionnelle
De miracles raconte la brillante séquelle[2].
Devant la madone, des ouvriers maçons,
Jettant leurs béquilles, marchent droit sans rançons
Pour fortifier une redoute
Tout éclaireur ferre la route !
L'histoire naturelle est la vraie tradition,
D'une astacienne écoutez la motion.

Une écrevisse mère
Dit : viens donc ici, ma chère,
Suis donc le mât,

---

[1] Chimère, monstre né en Lycie, de Typhon et d'Echidna, et élevé par Amisodar. Il avait la tête d'un lion, la queue d'un dragon, le corps d'une chèvre ; sa gueule béante vomissait des tourbillons de flammes et de feux. Bellérophon combattit ce monstre et le tua. C'était, à ce qu'on croit, une montagne de Lycie : au sommet était un volcan, autour duquel on voyait des lions, au milieu des pâturages, où paissaient des chèvres ; et au pied des marais qu'infectaient des serpens. (NOEL.)

[2] Sequelle, nombre de gens attachés à un même parti.

N'entends-tu pas le salavat [1]?
Notre galère
De son ortie essaie à se défaire;
Ma sympathie est ta loi,
Étant faite comme moi :
Si tu sèmes en terre ennemie,
Ma mie,
L'océan nous broyera sous ses mors;
Trop jeune encore pour connaître les sorts
Et le degré de la nue,
Tintant le dia [2] ou le hue [3];
Tu peux loin du littoral
Égarer ton moral;
Le sceptre qui nous gouverne
Est paterne.
Ah! fuis l'attrait
Du gland mis au trébuchet!
Si tu décroches ta raquette
Avant d'atteindre ta sellette,
Dis adieu au printemps,
A la grappe et aux vans.
Amphitrite est ma commère,
Palémon [4] son fils se coiffe de ma serre,
Si le talon d'Achille au Styx avait trempé,
Thétis pour son fils eût la parque trompé.

---

[1] Salavat, prière mahométane.

[2] Dia, terme de charretier pour faire aller un cheval à gauche.

[3] Hue, terme de charretier pour faire aller le cheval à droite.
(*Dict. acad.*)

[4] Les Palémons sont des *crustacés*.

MORALITÉ.

Boiteux, plus de béquilles; édifiez à l'échelle ;
D'une récolte tardive purifiez la nielle.
Près la porte Capena, des Scipions
On retrouve la vigne et les bâtons [1].

---

[1] On a trouvé le tombeau des Scipions dans la vigne *Sassy* près la porte *Capena*, à Rome. Ce monument, précieux surtout pour les inscriptions dont il est chargé, a été transporté par ordre de Sa Sainteté dans le musée du Vatican. (*Extrait* d'une lettre de M. M., secrétaire perpétuel de l'Académie, à M. F. D. N. P. G.) -- *Scipion*, surnom de la très noble famille des *Cornélius*, dont fut auteur *Publius Cornélius*, lequel, pour avoir servi de conduite et de bâton de vieillesse à son père *aveugle*, fut le premier appelé *Scipion*, qui signifie *baston* chez les Romains, lequel nom il donna à sa postérité.

(*Dict. théologique.*)

NOTES.

Les écrevisses (*astacus*) forment le principal genre d'une tribu nombreuse à laquelle on a donné le nom d'*astaciens*.

Les écrevisses sont les crustacés les mieux connus et les plus communs de la famille; on en trouve également dans les eaux douces et dans les mers, et toutes les espèces sont recherchées comme aliment, bien que leur chair soit un peu indigeste. Elles ont le naturel si timide que, malgré leur voracité, elles abandonnent leur proie dès que le moindre bruit vient à les effrayer; aussi les pêcheurs qui leur tendent des piéges, sont-ils obligés d'observer un profond silence s'ils veulent faire une capture abondante. On en prend une grande quantité en plaçant un morceau de viande corrompue au milieu d'un fagot de branches lâchement attachées. Les écrevisses s'empêtrent en voulant mordre à l'appât, de sorte que lorsqu'on retire le fagot, il en est presque entièrement couvert.

Ce genre se divise en deux groupes : les écrevisses propres qui ont le *rostre* ou *front*, partie saillante de la carapace (écaille), armée d'une seule dent de chaque côté, comme l'écrevisse commune, qu'on trouve dans presque toutes les rivières ou ruisseaux; et les homards, dont le rostre est muni de trois ou quatre dents de chaque côté, et qui ne vivent que dans la mer. Il y a des homards vulgaires dont la taille va quelquefois jusqu'à un pied et même davantage. On a vu des homards et des crabes de grande taille saisir avec leur pince une chèvre par la patte et l'entraîner malgré sa résistance. Il est d'autant plus difficile de leur arracher ce qu'ils tiennent que leur doigt est armé à son bord intérieur de dents saillantes qui s'enfoncent dans des rainures analogues du doigt fixe.

Les crustacés étaient autrefois compris dans la classe des insectes, auxquels ils ressemblent par les anneaux et par la nature coriace de leur enveloppe extérieure, ainsi que par leurs membres articulés; mais ils diffèrent essentiellement de ces animaux par leur respiration branchiale (c'est-à-dire des ouïes) et par leur circulation, à laquelle concourent un cœur, des artères et des veines. De plus, le nombre des pattes est toujours plus considérable chez les crustacés que chez les véritables insectes; tandis que ceux-ci n'en ont que trois paires, les premiers en ont au moins cinq de chaque côté du corps et souvent un plus grand nombre. La peau des articulés dont nous parlons est d'ailleurs plus solide que celle des insectes; elle tient le milieu, pour la dureté, entre la coquille calcaire des mollusques et l'enveloppe membraneuse des vers, des chenilles, etc. C'est pour cela que les Grecs avaient donné aux crustacés le nom de *malacostracés,* qui signifie *à coquilles molles.* Aussi tous les crustacés sont sujets à une *mue* périodique; ils se débarrassent de leur peau devenue trop petite pour leur corps, et la remplacent par une autre d'une dimension appropriée à leur taille. C'est leur époque critique. Deux ou trois jours suffisent pour que la peau parvienne à sa dureté naturelle. Comme celui des insectes, leur corps a quatre parties distinctes : la tête, le thorax (capacité de la poitrine), l'abdomen (bas-ventre) et les membres.

Le régime de ces animaux est carnassier.

Un des faits les plus curieux de l'histoire de ces animaux, c'est le voyage annuel qu'ils font vers le bord de la mer. En troupes nombreuses ils quittent leur habitation terrestre et se rendent en droite ligne vers le but de leur voyage. Leur instinct est si sûr que rien ne peut les détourner de leur route; ils traversent les rivières, escaladent les maisons et les rochers, franchissent tous les obstacles qui tendent à les faire dévier de la ligne droite.Parvenus au terme de leur course, ils y déposent leurs œufs, reviennent sur leurs pas sans s'arrêter, et arrivent dans leurs terriers si maigres et si exténués qu'il leur faut plusieurs jours pour réparer leurs forces.

Les œufs des langoustes sont d'un beau rouge, forment par leur réunion une espèce de tige à laquelle on donne le nom de corail.

(Salacroux.)

Les *cigales de mer* ou *oursins* sont des langoustes dont les antennes internes sont larges et foliacées. *Antennes* signifient *cornes* d'insectes ou *vergues.*

Dans les monumens anciens, l'Océan porte, ainsi qu'Amphitrite, des serres d'écrevisses dans la coiffure.

Matricaire ou *parthénion*, plante que Minerve montra à Périclès pour guérir un ouvrier tombé d'un échafaud.

Parthénis était un surnom de Minerve honorée à Athènes. Sa statue d'or et d'ivoire, haute de trente-neuf pieds, était l'ouvrage de Phidias.

Parthenius était un fleuve de l'Asie-Mineure où Diane allait souvent chasser. Une médaille de Marc-Antoine le représente sous la forme d'un jeune homme couché, tenant un roseau dans sa main droite, avec le coude appuyé sur des rochers d'où sortent ses eaux.

(Myth. de Noël.)

On cite beaucoup d'exemples de lampes perpétuelles trouvées dans les tombeaux, et entr'autres dans celui de Tulliola, fille de Cicéron, dont le sépulcre fut découvert à Rome en 1540. On y trouva, dit-on, une lampe allumée qui s'éteignit dès que l'air y pénétra.

(Noel.)

Temple de la fortune à Rome.

Le gypse spéculaire, qui est transparent et qu'on nomme ordinairement miroir d'âne, servait de vitres aux anciens qui ne connaissaient pas celles de verre. Ils l'appelaient phengite, et Pline rapporte que les Romains avaient bâti avec cette pierre un temple à la Fortune qui ne recevait le jour par aucune ouverture ; la transparence du gypse était suffisante pour laisser pénétrer la lumière qui, au rapport du naturaliste latin, paraissait plutôt naître de l'intérieur de l'édifice que venir du dehors. La seconde variété de gypse est le gypse compacte, ou albâtre, qui forme de si belles stalactites dans certaines cavernes. C'est une substance légèrement transparente et d'une blancheur qui est passée en proverbe.

(Salacroux.)

Sur Crotone.

Mycellus, chef des Achéens, alla à Delphes consulter Apollon sur le lieu où il fonderait sa ville. Le dieu lui laissa le choix pour son nouvel établissement de la santé ou des richesses. Mycellus demanda la santé, et Crotone fut bâtie dans un lieu extrêmement sain.

Miracle de la Madone.

Il y a quelques années, un maçon tombé d'un échafaud était malade et boiteux, et, ne pouvait travailler, réduit, ainsi que sa famille, à une misère affreuse. Il se rend hors la ville à une petite chapelle d'Italie desservie par quelques prêtres. Le maçon fait sa prière à la Madone et, dans un moment d'exaltation, il jette sa béquille et dit : *Guéris-moi, je t'implore pour moi, ma femme et mes enfans. Le miracle suivit la demande.* La ville fut dans l'édification quand on sut cette histoire; beaucoup d'impotens allèrent jeter leurs béquilles avec la même confiance et furent guéris. Après un intervalle de quelques mois, *le Constitutionnel,* qui avait été l'écho de ce qui précède, donne une lettre d'un voyageur qui, ayant passé la nuit dans une auberge, fut réveillé le matin par les cris *miracolo, miracolo.* Il s'informe du motif de ces rumeurs; on lui montra une jeune fille de douze ans perclue depuis sa naissance, qui était allée faire sa prière à la Madone, avait jeté ses deux béquilles, revenait ingambe et excitait les transports d'admiration dont le voyageur venait s'enquérir.

Sixte V, 235e pape, ayant tenu le siége cinq ans, quatre mois et trois jours, était fils d'un vigneron du village appelé Les Grottes, près du château de Montalte. A l'âge de neuf ans, il fut donné par son père, qui était très pauvre, à un habitant du village pour garder ses pourceaux. Ayant rencontré un cordelier en peine de son chemin pour aller à Ascoli, il le suivit jusqu'au couvent. Il témoigna une si grande passion pour l'étude qu'on l'instruisit et qu'ensuite il prit l'habit.

Sixte (Félix Peretti), pape, communément appelé Sixte-Quint, naquit, en 1521, dans la marche d'Ancone. Admis au noviciat, il se distingua par un goût prononcé pour l'étude et aussi par un caractère inquiet et pétulant qui lui aliéna l'affection de ses condisciples ; en revanche, ses supérieurs le chérissaient. Ordonné prêtre en 1545, il obtint successivement les degrés de bachelier et de docteur en théologie, et changea son nom de Peretti en celui de Montalte. Il s'acquit une grande réputation par ses sermons et fut bientôt nommé inquisiteur de Venise. S'étant brouillé avec le sénat de cette ville, il fut contraint de s'enfuir et vint à Rome, où il fut élevé en dignité de consulteur du Saint-Office. Pie V, qui avait été un de ses condisciples, le nomma général des Cordeliers, évêque de Sainte-Agathe et enfin cardinal vers 1568. Le cardinal Buon-Compagno, son ami, étant devenu pape sous le nom de Grégoire XIII, Montalte songea à lui succéder. Dans cette vue, il affecta de renoncer aux affaires, aux intrigues, feignit d'être accablé de vieillesse et d'infirmités ; il ne paraissait en public que la tête courbée, appuyé sur un bâton et ne parlant que d'une voix cassée, interrompue par une toux fréquente. Ces ruses lui réussirent, et à la mort de Grégoire XIII, les cardinaux, espérant régner sous son nom et procéder bientôt à une nouvelle élection, le choisirent d'un commun accord en 1585. A peine fut-il élu que, sortant de sa place, il se redressa, jeta son bâton et entonna le *Te Deum* d'une voix si forte que toute la chapelle en retentit. Il prit le nom de Sixte-Quint.

(*Biographie universelle.*)

Sur Philoctète.

Un des héros les plus célèbres de son temps, fidèle compagnon d'Hercule qui, en mourant, lui laissa ses flèches. Il s'était engagé par serment à ne jamais découvrir le lieu où était déposé le corps de ce héros. Mais les Grecs, au moment de partir pour le siége de Troie, ayant appris de l'oracle que pour se rendre maîtres de la ville, il fallait qu'ils fussent en possession des flèches d'Hercule, envoyèrent des députés à Philoctète pour apprendre en quel lieu elles étaient cachées. Philoctète, qui ne voulait ni violer son serment, ni priver les Grecs de l'avantage que devaient leur procurer ces flèches, montra avec le pied le lieu où était inhumé Hercule. Cette indiscrétion lui coûta cher ; car, dans le temps qu'il était à Troie, une de ces flèches étant tombée sur le pied avec lequel il avait montré le lieu de la sépulture d'Hercule, il s'y forma un ulcère qui jetait une telle puanteur qu'à la sollicitation d'Ulysse on le laissa dans l'île de Lemnos, où il souffrit dix ans des douleurs que l'auteur de *Télémaque* décrit si éloquemment d'après Sophocle et Ovide. Cependant les Grecs furent obligés de l'aller chercher ; il retourna au camp des Grecs, appela en combat singulier Pâris qui, blessé mortellement par une des flèches, mourut. Philoctète, après la prise de Troie, n'étant pas guéri de sa blessure, n'osa retourner dans sa patrie ; il alla dans la Calabre, où il bâtit la ville de Pétilie, et fut guéri par un vase d'encens, grâce au soin de Machaon, médecin célèbre. En reconnaissance, il fonda Thurium.

Sur l'encens.

Le Thuribulum était le vaisseau dans lequel les Romains brûlaient l'encens sur l'autel.

Les Grecs, selon Pline, n'admirent l'usage de l'encens dans les sacrifices qu'après la guerre de Troie. Jusque-là, ils avaient employé les arbustes odoriférans. Autrefois les Arabes, par une précaution superstitieuse, observaient une exacte chasteté quand ils voulaient le cueillir. On lit dans Arrien que l'encens ne pouvait jamais être dérobé, dans quelqu'abandon qu'on le laissât, et cela par un privilége des dieux qui préservaient des mains des ennemis un parfum qui leur était si précieux.

La libanomancie était la divination qui se faisait par le moyen de l'encens.

Libanios était une sorte de vigne qui sentait l'encens, et dont, par cette raison, le vin était employé dans les libations.

(Myth. de Noël).

LA FIÈVRE SYMPATHIQUE.

CONFABULATIONS.

TROISIÈME LIVRAISON.

LE PORT AU PRINCE (ILE SAINT-DOMINGUE).

LE HAÏTIEN PÉRIT PAR LA CUPIDITÉ.

www.ingramcontent.com/pod-product-compliance
Ingram Content Group UK Ltd.
Pitfield, Milton Keynes, MK11 3LW, UK
UKHW020947180726
13838UKWH00003B/1176